Ye

236n

ODE

A LA MÉMOIRE

DU COMTE DE SOUZA,

PAR

M. NÉPOMUCÈNE L. LEMERCIER.

LUE

A L'ACADÉMIE FRANÇAISE,

dans la séance publique du 25 Août 1825.

A PARIS,

DE L'IMPRIMERIE DE FIRMIN DIDOT,

IMPRIMEUR DU ROI ET DE L'INSTITUT, RUE JACOB, N° 24.

1825

ODE

A LA MÉMOIRE

DU COMTE DE SOUZA.

Don JOSE-MARIA de SOUZA-BOTELHO, issu de l'une des plus anciennes et des plus illustres maisons du Portugal, membre de l'Académie royale des Sciences de Lisbonne, fut nommé ministre plénipotentiaire en France. La durée de sa résidence à Paris, en nous faisant apprécier, durant plus de vingt années, la douce communication de ses sentiments et de ses lumières, aggrava dans nos cœurs le pénible regret de sa perte. Admirateur et commentateur éclairé de Camoëns, il recueillit et compara toutes les éditions de ce poète, et en forma le texte le plus correct de son épopée *des Lusiades*, qu'il nous apprit à mieux connaître. Son zèle en a dirigé à grands frais une complète et brillante édition, sortie de la fonderie et des belles presses de M. FIRMIN DIDOT, enrichie de notes que son goût et son érudition rendent précieuses, et parée d'un luxe de gravures, dessinées et dirigées par M. GÉRARD, de notre Académie des Beaux-Arts, et peintre du Roi. Tous les exemplaires de cette édition monumentale et si dispendieuse, ouvrage d'un noble patriotisme, ont été distribués généreusement par lui à la bibliothèque royale de Lisbonne, à toutes les bibliothèques publiques de l'Europe, à celle de notre Chambre des Députés, à toutes les Sociétés savantes, à l'Académie Française, à des littérateurs et à des artistes qu'honorait la distinction de son estime, ou son amitié.

Cet acte de munificence envers les Muses, et d'adoration pour elles, ce soin d'employer les arts français à la consécration d'un poète lusitain qu'enflamma l'amour de la patrie, sentiment qui l'emportait en lui sur tous les autres, m'ont paru dignes d'être célébrés par leur voix reconnaissante : et je prie mes auditeurs de se montrer indulgents pour la faiblesse de l'organe qui s'efforce à payer cette dette. Elles me commandent d'associer dans cet hommage le souvenir de l'Homère portugais à celui de son interprète, qui fut encore son digne historien. L'excellente Notice qu'il composa sur la vie de Camoëns nous révèle jusqu'aux plus intimes sympathies de leurs deux ames vertueuses : elle mérita d'être traduite en notre langue par M. Millié, le plus exact et le plus élégant traducteur *des Lusiades* : et nous nous plairons à répéter au comte DE SOUZA ces mots éloquemment simples qu'il lui adressait dans la dédicace de ce beau travail publié sous ses auspices : «Jouissez de la gloire de Camoëns ; elle est devenue la «vôtre.» Trop tôt loin de nous, que n'a-t-il pu nous entendre ici lui redire publiquement ces mêmes paroles ! vos suffrages unanimes en eussent été l'écho le plus flatteur pour sa sensibilité. Mais on n'est entièrement récompensé qu'après la vie !

Le comte DE SOUZA, auteur de l'histoire d'un grand poète, nous démontre en Camoëns les qualités d'un grand homme. S'il nous apprend de quelle haute famille il tira son origine, c'est pour nous instruire de son sort, et non pour faire rejaillir sur sa personne un éclat d'emprunt aux yeux des préjugés de naissance; car il s'écrie au même instant : «Loin de moi la « pensée de lui faire de cette généalogie un titre d'illustration. « C'est lui qui, par son génie et ses hautes qualités, a véritable- « ment illustré sa famille. Sans le poëme *des Lusiades*, le nom « de Camoëns, répandu dans toute l'Europe, n'eût point dé- « passé les frontières du Portugal. » Il semble craindre d'altérer la gloire du mérite en la mélangeant avec le fastueux orgueil des races.

Il ne dédaigne pas de nous dire qu'un premier amour que Camoëns conçut pour une jeune beauté de la cour, Catherine Ataïde, parente d'un seigneur, son rival, et favori du roi, fut la cause de son exil, de ses courses lointaines, de ses exploits et de toutes ses adversités. «Nos froids et secs bio- « graphes, ajoute-t-il, semblent avoir craint ou s'être fait « scrupule de parler des amours de Camoëns qui, de son côté, « par un sentiment de délicatesse, bien digne d'une ame telle « que la sienne, ne s'expliqua jamais qu'en termes vagues ou « mystérieux sur l'objet de sa passion. »

Les femmes entendront peut-être mieux que nous, Messieurs, tout ce qu'il y a de gracieux et de fin dans ces expressions d'un homme du monde, que l'usage avait doué d'une exquise politesse, et la nature de toute la profondeur de ses affections retenues. Elles savent que si les désirs capricieux des sens nous dépravent, le véritable amour n'est point une de nos faiblesses de cœur, mais une de nos forces, garant de toutes les autres.

L'auteur de la Notice le suit près de Ceuta, dans le combat naval où l'atteinte d'un coup de feu le priva de l'œil droit;

dans l'Inde, où le signala son expédition militaire contre le roi de Pimenta; dans les murs de Goa, où l'accablèrent les persécutions du gouverneur Baretto et de son lâche et coupable agent Manoel-Sévérim de Faria qui, pour atténuer le crime de ce chef-général, se permit de calomnier la victime. Camoëns était né fier, homme intègre, et libre écrivain, trois titres de proscription devant les vulgaires administrateurs politiques. Son panégyriste dénonce ses vils ennemis en les nommant à la postérité. Il confirme le récit de ce naufrage qu'il essuya sur la côte de Camboge, où «perdant tout ce «qu'il possédait, à peine put-il se sauver à la nage, appuyé «sur une planche brisée, et n'emportant, à travers les flots, «que le manuscrit *des Lusiades*, son plus cher trésor.»

Il s'étonne de ce qu'après tant de vicissitudes, à son retour dans Lisbonne; il lui fallut chercher le moyen d'imprimer son poëme, et de ce qu'à la publication d'un tel chef-d'œuvre, les Portugais qu'il consacrait dans ses vers, les descendants même de ce Vasco de Gama dont il chantait la glorieuse navigation, demeurèrent insensibles à tant d'honneur. «Au-«cun d'eux ne se déclara le protecteur de Camoëns. La misère «où le réduisit l'ingratitude de ses compatriotes fut telle, qu'un «Javanais nommé Antonio, qu'il avait amené de l'Inde, plus «humain et plus sensible qu'eux au mérite de Camoëns, par-«courait le soir les rues de Lisbonne implorant l'aumône «pour son illustre maître.» Cette attendrissante particularité inspira l'enthousiasme de M. Raynouard qui, dans une ode pathétique, invoque énergiquement la charité de ce domestique comme devant servir de condamnation évidente à la dureté des grands, et lui crie :

«Mendie à la clarté du jour!»

Pourquoi ce bon Antonio ne fut-il pas contemporain d'un Souza, ou d'un Monthyon, noble émigré qui, ne réagissant à son retour en France que par des générosités, ne rêva qu'aux moyens d'indemniser l'indigence et la vertu, en leur léguant tous ses biens?

Aux citations de la Notice qui me fournit les éclaircissements nécessaires à vous transmettre, j'unirai le fragment d'un billet de Camoëns, qui vous retracera le tableau déchirant des angoisses au milieu desquelles il eut à se débattre jusqu'à son dernier soupir.

«Vit-on jamais, écrivait-il peu de jours avant sa fin, un «pauvre grabat devenir le théâtre d'aussi grandes infortunes? «et loin d'accuser les rigueurs du sort, je prends son parti «contre moi, je lui abandonne sa victime. Il y aurait trop «d'orgueil à vouloir résister à tant de maux.» Et pourtant, son patriotisme inaltérable sembla se fortifier au sein du malheur de son pays, dont l'accablait l'ingratitude, lorsque, apprenant la perte de la bataille d'Alcacer et la mort du roi don Sébastien, le bruit de ce désastre menaçant arracha de son ame un mot sublime, que vous retrouverez fidèlement recueilli dans mon Ode.

La mort de son fidèle Antonio devança la sienne : et lui, où expira-t-il? Vous allez le savoir par une note écrite de la main d'un bon moine sur un exemplaire de ses poésies, qu'il légua aux religieux du Mont-Carmel, à Gualaxara, et que possède le spirituel et philanthrope lord Holland. Voici quelques mots du texte : «J'ai vu Camoëns mourir dans un hôpital «de Lisbonne; il n'avait pas un drap pour se couvrir, lui, «qui avait si vaillamment combattu dans l'Inde orientale, et «fait plus de cinq mille cinq cents lieues en mer!»

Don Francisco de Portugal donna, dit-on, le linceul où Camoëns fut enseveli, et le fit enterrer à l'entrée d'une porte de l'église de Santa-Anna. Le fameux tremblement de terre de Lisbonne fit disparaître sa simple et triste épitaphe, tandis que, par le même fléau, périssait à Cadix un des fils de Racine; et j'ai noté, dans un compte rendu de ces faits, qu'on ne songea pas à rétablir cette tombe, en réédifiant l'église renversée où l'inscription de Camoëns avait été détruite: comme si le sort l'eût voulu dépouiller même après son trépas!

« Les Portugais, nous dit encore le comte DE SOUZA, pour « le distinguer de tous les poètes de leur nation, lui donnèrent « après sa mort le nom de GRAND, titre accordé quelquefois « aux oppresseurs de l'humanité, et qui ne devrait l'être qu'aux « hommes qui la consolent, ou qui l'éclairent. » Cette maxime atteste que l'élévation du noble éditeur était capable de mesurer celle de son poète, aussi magnanime qu'infortuné.

Tel que le mendiant Homère,
Qui d'Apollon tient le flambeau,
Camoëns, la pâle Misère,
Pire que Neptune et la Guerre,
Te traîna souffrant au tombeau.
L'exil, t'affligeant comme Ovide,
Désola tes jeunes amours:
Tu luttas errant comme Alcide:
L'Océan te fut moins perfide
Que le souffle orageux des cours.

Antonio, dans les ténèbres,
T'a nourri d'un pain mendié :
Et sourds à tes plaintes funèbres,
Les rois, les chefs que tu célèbres,
Sont dégradés par sa pitié.
Mémoire! à la honte éternelle
Livre de cupides Crésus,
Et porte, à jamais sur ton aile
Le nom du serviteur fidèle
Quêtant pour le fils de Lusus!

Tes fers, tes exploits, ton naufrage,
Les crimes de tes oppresseurs,
Par nos arts aux Nymphes du Tage
Redisent quel fut le courage
D'un favori des doctes Sœurs.
Des Templiers la Muse austère
Grave ta gloire en vers touchants :
Au sein de ses martyrs tragiques
Meurent leurs hymnes héroïques ;
Jamais ne cesseront tes chants.

Élève qu'un Zeuxis réclame*,
A sa haute école attaché,
Maître habile, qui peignis l'ame
Qu'étonne une première flamme,
Sous l'aspect naïf de Psyché ;
Toi qui figuras ma patrie
Accueillant son roi béarnais,
Du héros de la poésie
Dont la lyre explora l'Asie,
GÉRARD, tu ranimés les traits.

---

* David et Zeuxis sont synonymes.

2

Du Pinde tu ceins la couronne
Au front de cet autre Annibal :
La clarté du jour abandonne
Un de ses yeux, que de Bellone
Éteint un javelot fatal.
Peu des amants de la Déesse
Dans la tombe entrent tout entiers.
Tes pinceaux, trempés au Permesse,
Savent cacher avec adresse
Leurs blessures sous les lauriers.

Translateur des chants d'Ausonie*,
Didot, ton soin industrieux
Prête aux accents du beau génie
Qu'échauffa la Lusitanie
Tes caractères radieux :
Et leur symétrique harmonie,
Qu'étale un vélin précieux,
Semble rehausser les merveilles
Des vers qui charment nos oreilles,
Et les chanter même à nos yeux !

Qui fit concourir les prestiges
Et des crayons et du burin
A décorer tous les vestiges
D'un esprit fécond en prodiges
Que recueille un mobile airain ?
Nouveau Linus, tes sons lyriques
Frappaient Souza d'enchantement....
C'est lui qui de tes chants épiques
T'érige, en types magnifiques,
Un mélodieux monument.

* M. Firmin Didot a traduit en vers les *Bucoliques* de Virgile.

Que l'esclavage et les caprices,
Aux mânes des ambitieux
Dressant de muets édifices,
En consacrent les frontispices
A leur néant silencieux :
Il veut que tes strophes encore.
S'animent, soupirent ton nom ;
Comme, au retour de chaque aurore,
A jamais vivante et sonore,
Se plaint l'image de Memnon.

Des siècles remontant l'espace,
Son cœur sut à ton cœur s'unir.
Le nœud brillant qui vous enlace,
En ami, marchant sur ta trace,
Va le montrer à l'avenir.
Sa grandeur libérale et fière
Verse tes écrits en purs dons :
Ainsi Phébé, dans sa carrière,
D'Apollon transmet la lumière,
Sans vendre aux mortels ses rayons.

De même, Éditeur mémorable,
D'intérêt vulgaire affranchi,
De ton Poète inséparable,
Tu rends à l'histoire, à la fable,
Son éclat par toi réfléchi :
Telle, quand de son char céleste
L'astre prodigue les ardeurs,
Diane, compagne modeste,
A son frère se manifeste
Par le reflet de ses splendeurs.

Ton art, ta vertu qu'il proclame,
Formaient votre double lien :
De tes jours l'héroïque trame
Offre en toi le génie et l'ame
Du Poète et du Citoyen.
A l'heure où ton pays chancèle,
Il t'entend dire en expirant :
« Ma patrie, objet de mon zèle,
« Tombe.... au moins, je meurs avec elle ! »
Et Souza t'écoute en pleurant.

Celui qui fit de ses richesses
Un luxe à tes nobles travaux,
T'arrachant au lit des détresses,
Eût, par de plus amples largesses,
Payé le terme de tes maux.
Souza, chef de tes interprètes,
Te dispute, en prodiguant l'or,
Aux ans qui roulent sur nos têtes ;
Ainsi qu'aux torrents des tempêtes
Tu ravis ton Adamastor.

Ce géant que bat la tourmente,
Tu l'as créé.... je reconnais
Tes vieux fleuves, rivaux du Xanthe ;
Je vois l'Amour, plein d'épouvante,
Couronnant le spectre d'Inès * :
Voici l'Inde, ouvrant ses murailles
A Gama chanté par ta voix !
Et Clio, sur l'or des médailles,

---

* Épisode des *Lusiades* sur le couronnement d'Inès après sa mort, sujet d'une tragédie
de M. Firmin Didot, représentée avec succès au théâtre.

Empreint ton titre et tes batailles
Comme les fastes des grands rois.

En vain, les noires Destinées,
Dont les rigueurs t'ont ennobli,
Avaient contre toi déchaînées
Des mers les vagues mutinées,
La Pauvreté, sœur de l'Oubli :
En vain, dans Lisbonne écrasée,
La terre entr'ouverte aux volcans,
De ta tombe en éclats brisée
T'arracha l'humble pierre usée
Sous les pieds ingrats des passants :

Ton poëme échappe aux orages ;
Ta mémoire à l'obscurité,
Ta Muse à d'envieux outrages ;
Et, comme Arion, tu surnages
Chantant pour la postérité.
Tel, bravant Saturne implacable,
Émule impassible des Dieux,
Le Génie est impérissable :
Et lui seul, phénix véritable,
Renaît toujours plus glorieux.

Ton ame, au sein des maux trempée,
Sut tout vaincre : tu consacras
A ton pays ta noble épée,
A l'univers ton épopée,
Chère aux Muses comme à Pallas.
De ta Calliope aguerrie
Souza médite les accords ;
Et montre avec idolâtrie

L'Argonaute de sa patrie
Divinisé par tes transports.

Joignez-vous dans les Élysées,
Nobles CAMOENS et SOUZA !
Vos deux ombres fraternisées *
Planeront immortalisées :
Un même honneur vous embrasa.
Chantre guerrier, tu dois sourire
A ton plus ardent zélateur ;
Il nous lègue, en ornant ta lyre,
Des hauts sentiments qu'elle inspire
L'exemple régénérateur.

Un exemple, dis-je !... ah ! peut-être,
Tant nos transports sont décevants,
Nous ne saurions pas reconnaître,
Si Phébus les faisait renaître,
HOMÈRE et CAMOENS vivants !
On applaudirait l'Ignorance
Insultant leurs luths diffamés :
Marsyas vaincrait leur puissance :
On laisserait dans l'indigence
Ces pauvres, un jour renommés !

---

* VARIANTE : *Favorisées.* L'expression *fraternisées*, qu'on n'avait pas encore employée adjectivement et passivement, a été l'objet d'une contestation à l'Académie : les uns l'ont blâmée, les autres l'ont fort approuvée. Il m'eût été facile de la remplacer en l'ôtant : mais je crois que l'audace lyrique en excuse la nouveauté, et je laisse cette expression dans la strophe, parce qu'elle rend bien ma pensée.

Poètes ! méprisez l'Envie ;
Résistez au poids des douleurs :
La gloire couronne une vie
Errante, obscure, et poursuivie
Par l'injustice et les malheurs.
Que le cœur dicte vos ouvrages ;
Des cœurs méritez les tributs :
Et n'oubliez pas que les Sages
Honorent de leurs purs hommages
Moins les Talents que les Vertus.

Le Talent sait régler vos rimes,
Du goût prévenir les écarts ;
Le feu des Vertus magnanimes
Seul éclate en élans sublimes
Qui donnent l'essor aux beaux-arts :
C'est le trépied qu'un Dieu conserve.
L'Héroïsme et la Liberté
Font d'une intarissable verve
Jaillir les sources, où Minerve
Puise votre immortalité.